L'AVARE

EN GOGUETTES,

COMÉDIE-VAUDEVILLE EN UN ACTE,

Par MM. SCRIBE, et G. DELAVIGNE;

REPRÉSENTÉE POUR LA PREMIÈRE FOIS, A PARIS, SUR LE THÉÂTRE DU GYMNASE DRAMATIQUE, LE 12 JUILLET 1823.

Prix : 1 FR. 50 C.

Yth
1505

PARIS,

AU GRAND MAGASIN DE PIÉCES DE THÉATRE, ANCIENNES ET MODERNES,

Chez Mme. HUET, LIBRAIRE-ÉDITEUR,

RUE DE ROHAN, N°. 21, AU COIN DE CELLE DE RIVOLI, ET BARBA, LIBRAIRE, AU PALAIS-ROYAL.

1823.

⁓⁓⁓⁓⁓⁓⁓⁓⁓⁓⁓⁓⁓⁓⁓⁓⁓⁓⁓⁓⁓⁓

PERSONNAGES.	ACTEURS.
M. DE GRIPPARVILLE, riche propriétaire................	M. *Ferville.*
M. TRUFFARDIN, marchand de comestibles.	M. *Numa.*
BETZI, nièce de M. de Gripparville...	Mlle. *Adeline.*
ÉDOUARD, amant de Betzi.	M. *Chéri.*
Mme. DE St.-ELME, femme de l'inspecteur-général.	Mme. *Théodore.*
MAÎTRE-PIERRE, cuisinier de M. de Gripparville................	M. *Armand.*
Danseurs et Danseuses.	

La scène se passe à la Flèche, dans la maison de M. de Gripparville.

S'adresser, pour la musique des vaudevilles anciens et nouveaux de tous les théâtres, à M. TARANNE, rue de Richelieu, n°. 9.

Tous les débitans d'exemplaires, non revêtus de la signature de l'éditeur, seront poursuivis comme contrefacteurs.

IMPRIMERIE DE NOUZOU.

L'AVARE
EN GOGUETTES,
VAUDEVILLE EN UN ACTE.

SCÈNE PREMIÈRE.
BETZI, ÉDOUARD.

BÉTZI.

Comment, M. Édouard, vous en êtes bien sûr... mon oncle vous a promis...

ÉDOUARD.

Je le quitte dans l'instant, et il m'a répété, que si je pouvais obtenir la place de receveur dans cette ville, il m'accorderait votre main.

BETZI.

Je n'en reviens pas.

ÉDOUARD.

Il ne pouvait guère faire autrement... quoique sa pupille, vous ne dépendez pas de lui seul... je me suis adressé au conseil de famille... et comme ma fortune est loin d'égaler la la vôtre, on a décidé... et votre oncle tout le premier, qu'il fallait, pour vous épouser, que j'obtinsse une place.

BETZI.

Au fait... receveur dans la ville de la Flèche... c'est quelque chose... et êtes-vous certain de réussir?.. il faudra bien solliciter... entendez-vous, monsieur?..

ÉDOUARD.

J'ai quelques droits.. mon père était un des chefs de la trésorerie.. il y a rendu de grands services.. mais cela ne suffit pas..

BETZI.

On dit qu'il est arrivé en cette ville, madame de St.-Elme, la femme d'un inspecteur-général... il y a bien longtemps, j'ai été avec elle en pension... peut-être ne m'a-t-elle pas tout-à-fait oubliée... et nous pourrions par sa protection...

ÉDOUARD.

Vous avez raison... on dit qu'elle est descendue chez madame de Lineuil... j'irai la voir.

BETZI.

Non, monsieur, c'est moi qui m'en charge ; car autant
qu'il m'en souvient , elle était fort aimable.

Air : *Ma belle est la belle des belles.*

Je crains , une fois en ménage ,
Une telle protection...

ÉDOUARD.

Beaucoup de gens en font usage.

BETZI.

Prenez-y garde, et pour raison :
En tout, imitant vos caprices,
Bientôt mes droits seraient vengés ;
Si vous avez des protectrices,
Monsieur, j'aurai des protégés.

Mais , qui vient là?.. et quel est ce monsieur?

SCÈNE II.

ÉDOUARD, BETZI, TRUFFARDIN.

TRUFFARDIN.

M. Gripparville est-il visible ?

BETZI.

Non, monsieur, mon oncle est sorti,.. mais il ne tardera
pas à rentrer...

TRUFFARDIN.

La porte est peut-être défendue... mais ce n'est pas pour
moi... vous pouvez lui dire que je lui apporte de l'argent...
M. Truffardin, ancien commis voyageur de la maison Cor-
celet, et à présent, marchand de comestibles pour son propre
compte,

ÉDOUARD.

Je me disais aussi, que je connaissais cette figure-là.

TRUFFARDIN.

Je ne me trompe pas... M. Édouard Dalville, le fils de
mon ancien protecteur... et puisque nous ne sommes que nous
trois, je peux dire mon ancien maître... car j'ai été intendant
de votre père... je n'en rougis pas,.. c'est là que j'ai fait mes
premières études, et perfectionné mon éducation gastrono-
mique... j'avais des dispositions, il est vrai, mais j'étais loin
de me douter alors, qu'elle me conduirait à la fortune.

ÉDOUARD.

Tu as donc fait des affaires ?

(5)

TRUFFARDIN.

Excellentes ! si je n'engraisse pas, c'est par esprit de commerce... pour ne pas ruiner mon magasin ; né avec un grand fond d'audace et d'appétit, j'ai jugé tous les hommes d'après moi... je me suis dit : on peut se tromper en spéculant sur leur cœur, jamais, en spéculant sur leur estomac... les passions changent, l'appétit reste, et il y a toujonrs un moment dans la journée, où il faut lui donner audience... c'est dans ce moment-là que je me présente, et je suis toujours bien accueilli.

ÉDOUARD.

Et qui t'a forcé à quitter la capitale,

TRUFFARDIN.

Les affaires de mon commerce... je fais de temps en temps des voyages dans la France... mais des voyages utiles... je ne m'amuse pas à regarder dans un pays, ses édifices et ses monumens.

Air : *De la robe et les bottes.*

Moi, dans Bordeaux, je ne vois qu'un vignoble,
    J'admire les pruniers de Tours,
    L'olive d'Aix, la liqueur de Grenoble,
    L'oiseau du Mans, les pâtés de Strasbourg.
Trésors divins, qu'en courant je rassemble,
    Et pour moi, gourmand voyageur,
    La carte de France ressemble
    A celle du restaurateur.

ÉDOUARD.

Mais qui t'amène ici... dans cette maison ?

TRUFFARDIN.

Je venais régler mes comptes avec M. de Gripparville, le plus riche et le plus avare de tous les grands propriétaires du département de la Sarthe.

BETZI.

Eh ! mais, prenez garde... c'est mon oncle,

TRUFFARDIN.

Ah ! pardon... quand je dis avare... je n'entends pas un ladre, un pince-maille, comme celui de Molière !.. les avares de nos jours sont des gens comme il faut... bien mis, qui aiment la société et l'argent... nous avons eu plusieurs fois des relations avec M. Gripparville... car par-dessous main, il vend, achète, brocante, et accepte tous les marchés, quand ils sont avantageux... il y a quelques années, quand j'ai voulu m'établir, il m'a prêté à quinze pour cent, une trentaine de mille francs, que je viens lui rendre, parce que c'est de l'argent trop cher à garder... le plus étonnant, c'est qu'il se persuade encore qu'il est mon bienfaiteur... je le veux bien, la bienfaisance à ce prix-là... il n'en manque pas sur la place.. jé lui annonce en même temps une bonne nouvelle... M. de St.-Elme, un inspecteur du trésor.

ÉDOUARD, *à Betzi.*

Monsieur de St.-Elme... celui de qui dépend ma nomination.

BETZI.

Il ne pouvait pas tarder à arriver... puisque depuis hier sa femme l'a précédé.

TRUFFARDIN.

J'ai eu l'honneur de causer avec lui à la dernière auberge ; il m'a appris qu'il passerait une journée à la Flèche, et qu'il se proposait de voir M. de Gripparville, le futur receveur.

BETZI.

Là... Je disais bien que mon oncle avait quelque arrière pensée.

ÉDOUARD.

Une arrière pensée... c'est une trahison infâme... imagine-toi que tout-à-l'heure encore, il fait décider par le conseil de famille que j'aurai la main de sa nièce, si je peux être nommé receveur dans cette ville... tandis que déjà il avait sollicité et obtenu cette place pour lui-même.

TRUFFARDIN.

Obtenu... pas encore... elle n'est que promise, et nous sommes là... il faut du génie, de l'adresse, et tout ce que j'en ai de disponible est à votre service.

ÉDOUARD.

Ah ! mon ami... comment jamais reconnaître ?

TRUFFARDIN.

En vous adressant à moi, pour le repas de noce... c'est tout ce que je vous demande :

Air : *Une fille est un oiseau.*

Je sais obliger grâtis ;
Chaque jour, grâce à mon zèle,
J'augmente ma clientelle,
En augmentant mes amis.
J'ai bon cœur, ma table est bonne,
Je ne refuse personne,

Quand je ne vends pas, je donne,
Et chez moi, j'ai constamment:
Pour les plaideurs, des bourriches,
Des truffes pour les gens riches,
Et du pain pour l'indigent.

Vous mettre bien avec l'inspecteur, le brouiller avec votre oncle, voilà le but.... pour les moyens, il ne reste plus qu'à les trouver.

BETZI.

Quel homme est-ce que ce monsieur de St.-Elme ?

TRUFFARDIN.

Un homme juste, intègre, sévère... ennemi du luxe, et même tellement économe, que s'il n'était pas en place, on dirait qu'il est avare.

BETZI.

Eh ! mon dieu... il va adorer mon oncle.

TRUFFARDIN.

C'est ma foi vrai... attendez donc... n'y aurait-il pas moyen? Oh ! oui, c'est cela. (*Se mettant à la table, et répétant tout haut ce qu'il écrit*).

« Monsieur Gripparville à l'honneur d'inviter M. et ma-
» dame de St.-Elme à passer chez lui la soirée...
                    » Ce 8 juillet 1823. »

BETZI.

Qu'est-ce que vous faites donc là ?.. est-ce que jamais mon oncle a donné de soirée?

TRUFFARDIN.

Cela me regarde... (*à Edouard*). Vous, mon cher ami, courez au-devant de votre inspecteur, et qu'il reçoive cette invitation en descendant de voiture... allez, et ne craignez rien... vous êtes sous la protection de Comus.

Air : *Vaudeville des Blouses.*

Dieu tout puissant par qui le comestible
Est en faveur à la ville, à la cour,
Pour l'appétit, toi qui fais l'impossible,
Fais quelque chose aujourd'hui pour l'amour.
Ce dieu joufflu, qui fait mon espérance,
Souvent du vôtre a protégé les pas,
L'Amour, Comus, se doivent assistance,
C'est par eux seuls qu'on existe ici bas.

ENSEMBLE.

Dieu tout puissant, etc.

                    (*Édouard sort*).

SCÈNE III.

TRUFFARDIN, GRIPPARVILLE, BETZI, *qui s'as-sied dans un coin du théâtre et travaille.*

TRUFFARDIN.

C'est votre oncle... (*bas à Betzi*). Vous me permettrez de songer d'abord à mes affaires... nous soignerons après celles de mon jeune protégé... (*haut à Gripparville*). Serviteur à mon cher patron.

GRIPPARVILLE.

Ah ! c'est toi, Truffardin... Bonjour, mon garçon, te voilà donc dans notre pays ?

TRUFFARDIN.

Oui, pour un seul jour.

GRIPPARVILLE.

Et tu me viens voir à une pareille heure... c'est très-mal... tu aurais du arriver plutôt, nous aurions déjeûné ensemble... mais moi, c'est déjà fait, et tantôt je dîne en ville.

TRUFFARDIN.

Tant mieux.

GRIPPARVILLE.

Comment, tant mieux ?

TRUFFARDIN.

Air : *De Marianne.*

Des festins je crains la fumée,
Je n'en sors pas, c'est mon état ;
Déjà la truffe parfumée
Ne flatte plus mon odorat.
  Les Ortolans
  Et les faisans
N'ont plus hélas ! de pouvoir sur mes sens :
Et des jambons de mes foyers,
Mon cœur blâsé dédaigne les lauriers.
  Las de festins, las de bombances,
  J'ai besoin d'un peu de repos,
  Et chez vous j'arrive à propos
  Pour prendre mes vacances.

Je vous apporte votre argent.

GRIPPARVILLE.

Comment !.. un remboursement intégral.

TRUFFARDIN.

A-peu-près... d'abord vingt-sept mille francs dans le porte-feuille.

GRIPPARVILLE.

Ah ! diable... voilà qui me contrarie... et que l'on dise encore que j'aime l'argent... j'avais du plaisir à le voir entre tes
mains... j'étais heureux de te rendre service... tu as fait la ba-
lance des intérêts ?

TRUFFARDIN.

Oui, monsieur... vous pouvez le voir.

GRIPPARVILLE.

C'est bien... c'est bien... oh ! tu es un honnête garçon...
il y a du plaisir à t'obliger.

TRUFFARDIN.

Et du profit... à quinze pour cent; ensuite trois mille francs,
en lettres de change sur Paris... à moins que vuos ne préfériez
une excellente affaire que j'ai à vous proposer.

GRIPPARVILLE.

Oui... oui... j'aime mieux celle-là... dis vîte ce que c'est?

TRUFFARDIN.

D'ici à trois ou quatre jours, on m'expédie en cette ville,
un assortiment de marchandises... Pâtés de Périgueux...
dindes, faisans, et autres comestibles... le tout parfaitement
truffé et conditionné... il y en a pour 3500 fr. prix de fabrique.

GRIPPARVILLE.

Eh ! bien, où en veux-tu venir ?

TRUFFARDIN.

Attendez donc... il y a eu du retard dans l'envoi... or...
je crains donc qu'en arrivant à Paris, cela ne soit détérioré...
moi, alors, j'aime mieux les placer dans cette ville, à très-
bon marché... mille écus... voulez-vous en profiter ?

GRIPPARVILLE.

Et que veux-tu que j'en fasse ? (*à part*). Un instant... un
instant... il y a cette semaine un grand dîner que la ville
doit donner aux officiers de la garnison... Attends... attends... et j'ai appris par un conseiller de préfecture qu'on
était fort embarrassé... (*haut*). Ecoute donc, mon ami... Peut-
être bien... il se peut que je m'en accommode, quand je les
aurai vus, et s'ils me conviennent.

TRUFFARDIN.

On vous les adressera dans trois jours, rendus chez vous,
franc de port... voilà donc une affaire réglée : maintenant,
voulez-vous me permettre de vous adresser mes complimens
sur votre place de receveur.

L'Avare.   2

GRIPPARVILLE , *lui fermant la bouche.*

Silence!.. mon ami... silence... surtout devant ma nièce... qu'elle ignore quelle est la place que je sollicite... Comment diable l'as-tu appris?

TRUFFARDIN.

Par M. de St.-Elme lui-même... l'inspecteur-général... qui paraît tellement disposé à vous l'accorder, qu'il doit venir passer la soirée chez vous.

GRIPPARVILLE.

Ah! mon dieu!.. chez moi un inspecteur-général.

TRUFFARDIN.

Plaignez-vous donc... c'est pour vous une bonne fortune. . je l'ai rencontré à la dernière poste... un train magnifique, une voiture à six chevaux.

GRIPPARVILLE.

Ah! mon dieu!

TRUFFARDIN , *à part.*

Je crois bien, il était en diligence... (*haut*). C'est un homme qui jette l'or à pleines mains... un généreux compère... un gaillard de bonne humeur.., car il m'a dit : « Nous allons » nous en donner chez ce cher Gripparville... Dieu! quels » dîners nous allons faire ! »

BETZI.

A merveille... je comprends... oh! la jolie conspiration !

GRIPPARVILLE.

Comment! tu crois que je serai obligé de le traiter?

TRUFFARDIN.

Et grandement... sa table a une réputation Européenne ; et l'on vient chez lui de Londres et de Berlin, pour dîner en ville.

GRIPPARVILLE.

Ah! mon ami... quel service tu me rends en m'apprenant cela... moi qui comptais lui offrir un petit extraordinaire... le plat de sucrerie... et la tasse de café au dessert.

TRUFFARDIN.

Vous étiez perdu!.. c'est une position qu'il faut enlever... à la *fourchette.*

GRIPPARVILLE.

Eh! bien... demain... je verrai : mais aujourd'hui, comment veux-tu que je fasse ? d'ici à quelques heures... improviser une soirée... moi surtout qui n'en ai pas l'habitude.

TRUFFARDIN.

Une soirée agitée... des tables de jeux... ça ne coûte rien...
je me charge des invitations.

Air : *De Toberne.*

Vous aurez une fête
Magnifique et sans frais ;
Vîte que l'on apprête
Les Bostons, les piquets :
Ne craignez rien de grâce,
Ce sera bientôt fait.

(*à Betzi*).

Du zèle et de l'audace ;

(*à Gripparville*).

De la cave au buffet,
Ne laissez rien en place ;
Voilà comme ou s'y met,
Voilà tout le secret.

(*Il sort*).

SCÈNE IV.

GRIPPARVILLE, BETZI.

GRIPPARVILLE.

Ta, ta, ta, comme il y va !.. avec lui, il n'y a pas moyen
de se reconnaître... je pense maintenant à une foule d'objec-
tions que j'avais à lui faire... cependant, comme il le dit : une
soirée où l'on joue... ça fait de l'honneur, et ça n'est pas
cher... au contraire, plus il y a de monde, et moins ça
coûte... parce qu'on met au flambeau.

SCÈNE V.

Les Précédens, Un Valet, ensuite, MAD. DE St.-ELME
et EDOUARD.

LE VALET, *annonçant*.

Madame de St.-Elme.

GRIPPARVILLE.

Madame de St.-Elme qui nous fait visite à une pareille
heure... qu'est-ce que cela signifie ?

BETZI.

Pourvu que sa présence n'aille pas tout déranger.

MAD. DE ST.-ELME, *à qui Édouard donne la main.*

C'est charmant à vous, M. Édouard, d'avoir bien voulu
me servir de cavalier... c'est M. Gripparville que j'ai l'honneur de saluer... vous trouverez peut-être ma visite bien in-
discrète ; mais le cœur ne calcule pas, et l'amitié se met au-

dessus des convenances... (*à Betzi*). Dites-moi, ma chère...
mademoiselle Betzi, la nièce de monsieur, est-elle visible?

BETZI.

C'est moi, madame.

MAD. DE ST.-ELME.

Comment!.. c'est toi, ma chère... il y a si longtemps que
nous avons quitté le pensionnat de madame Debray! tu n'as
point oublié, j'espère, Pauline de Valville, ta meilleure amie.

BETZI.

Non certainement.

GRIPPARVILLE, *à part.*

Oui... elles ne se reconnaissaient seulement pas.

MAD. DE ST.-ELME.

Je suis arrivée hier avec ma femme de chambre... tout simplement dans ma berline à trois chevaux... parce que mon
cher mari a une autre manière de voyager.

GRIPPARVILLE.

Je crois bien... il lui en faut six.

MAD. DE ST.-ELME.

C'est tout-à-l'heure chez madame de Lineuil; que monsieur
Édouard m'a appris que tu habitais cette petite ville... c'est
assez triste, n'est-ce pas? assez ennuyeux... cela m'a fait battre
le cœur de souvenir... ça m'a rappelé la pension... tu ne sais
pas que je suis mariée... à M. de St.-Elme... un homme de
finance... moi! j'aurais mieux aimé un militaire; mais mes
parens n'ont pas voulu.

GRIPPARVILLE.

Et vous avez obéi.

MAD. DE ST.-ELME.

Oh! oui, sans doute... dès qu'il se présente un établisse-
ment.

Air : *Que d'établissemens nouveaux.*

Un futur me fut proposé;
Un beau soir je le vis paraître,
Huit jours après, je l'épousai.

BETZI.

Eh! quoi, vraiment sans le connaître?

MAD. DE ST.-ELME.

C'est toujours de même à Paris,
Par se marier on commence;
Et l'on a, quand on est unis,
Le temps de faire connaissance.

Et toi.... ma chère amie.... quand dois-tu te marier?...

(13)

(*regardant Édouard*). ah ! oui... je comprends... ce sera
fort bien... j'espère que tu me chargeras d'acheter la cor-
beille... j'attends cela de ton amitié.

GRIPPARVILLE.

Vous êtes trop bonne, madame... et c'est une peine, que...

MAD. DE ST.-ELME.

Du tout... c'est un plaisir... j'ai des amies en province qui
me chargent de toutes leurs commissions... moi, j'aime à
acheter.. à marchander.. à courir les magasins.. on sait bien
que ce n'est pas pour soi... mais c'est égal... c'est toujours de
la dépense, et ça fait illusion.

GRIPPARVILLE, *à part.*

Je vois, qu'en effet la jeune dame est assez légère... ce n'est
pas étonnant... tel mari, telle femme.

BETZI, *à part.*

Et moi, qui la craignais.

MAD. DE ST.-ELME, *à Gripparville.*

A propos, monsieur, j'oubliais de vous faire mes remercî-
mens.. on dit que vous nous donnez ce soir une fête charmante..

GRIPPARVILLE.

Quoi ! madame, vous savez déjà...

MAD. DE ST -ELME.

Oui, nous avons rencontré en route votre intendant...
votre majordome... monsieur... monsieur...

ÉDOUARD.

Truffardin.

MAD. DE ST.-ELME.

Il nous a annoncé que vous nous donniez ce soir, à mon
mari et à moi, un bal, un concert... un souper...

GRIPPARVILLE, *d'un air effrayé.*

Comment... il vous a dit...

BETZI.

Un bal... un bal... moi qui n'ai seulement pas de toilette.

MAD. DE ST.-ELME.

Quoi !.. vraiment... tu n'as pas... pauvre amie! ah! que je
la plains...

Air : *Au temps heureux de la chevalerie.*
Monsieur sourit, et je vois qu'il nous raille.

GRIPPARVILLE.
C'est un malheur bien terrible!

MAD. DE ST.-ELME.
Oui, vraiment.

> Le bal pour nous est un champ de bataille,
> Où la victoire nous attend.
> Aussi, monsieur, je conçois ses allarmes,
> Quand tout promet un triomphe d'éclat :
> Il est cruel de se trouver sans armes,
> A l'instant même du combat.

Car je présume bien que dans cette ville, il n'y a pas de magasins de nouveautés... à la Flèche !

BETZI.

Si vraiment... tout ce qu'il y a de mieux... une marchande de modes qui a travaillé à Paris, et un magasin de nouveautés qui tire directement de la Rosière.

MAD. DE ST.-ELME.

De la Rosière... rue Vivienne... ce doit être très-bien... ils ont des choses charmantes... viens, nous allons choisir.

BETZI.

Mais, c'est que peut-être mon oncle ne voudra pas...

MAD. DE ST.-ELME.

Que tu viennes avec moi... (*A Gripparville*). Vous y consentez... n'est-il pas vrai?

GRIPPARVILLE.

Mais... madame....

MAD. DE ST.-ELME.

Ah! ne craignez rien... je me charge de votre cadeau... à ce soir... c'est pour neuf heures.. nous aurons plus de temps qu'il ne nous en faut... M. Édouard, vous nous donnerez la main... (*A Gripparville*). Vous verrez... la robe sera délicieuse, je la choisirai comme pour moi... des tulles, des fleurs... enfin, ce qu'il y aura de mieux... non... restez ; je vous en prie, ou je me fâche... un maître de maison a tant d'occupations. (*Elle sort avec Édouard et Betzi*).

SCÈNE VI.

GRIPPARVILLE, *seul.*

Heureusement, les voilà dehors... car j'étouffais... un bal.. un concert... un souper... ce bourreau de Truffardin... on voit bien que cela ne lui coûte rien... et comment faire maintenant?.. comment s'en dispenser?..(*appelant*).Maître-Pierre.. Maître-Pierre.. mon maître-d'hôtel.. et cette maudite femme... obligé de paraître enchanté, tandis qu'elle me portait des coups de poignard...

Air,: *Vaudeville de Turenne.*
Je ne pouvais trouver une réponse;
Pour la traiter avec honneur,
Dieu, que d'argent!.. c'en est fait, j'y renonce;
Mais, ma place de receveur :
Dieu! quel système de finance!
Pour m'enrichir, me ruiner d'abord :
Car la recette est peu certaine encor ;
Et je suis sûr de la dépense.

Maître-Pierre...

SCÈNE VII.

GRIPPARVILLE, MAITRE-PIERRE.

MAITRE-PIERRE.

Eh! bien, monsieur, qu'y a-t-il? est-ce qu'il arrive quelqu'accident?

GRIPPARVILLE, *d'un air désespéré.*

Mon ami, nous sommes obligés, aujourd'hui, de donner à souper.

MAITRE-PIERRE, *étonné.*

Pas possible !

GRIPPARVILLE.

C'est comme je te le dis.

MAITRE-PIERRE.

Eh! bien, alors... qu'est-ce que veut monsieur?

GRIPPARVILLE.

Ce que je veux, tu mettras d'abord deux corbeilles de fleurs aux deux bouts de la table... Ça tient de la place.

MAITRE-PIERRE.

Oui... monsieur... après...

GRIPPARVILLE.

Après... tu mettras au milieu notre beau plateau en glace, avec des porcelaines de Sèvres... cela garnit.

MAITRE-PIERRE.

Après, qu'est-ce que veut monsieur ?

GRIPPARVILLE.

Ce que je veux... ce que je veux... dieu !.. ce perfide Truffardin... si je le tenais...

SCÈNE VIII.

Les Précédens, TRUFFARDIN.

TRUFFARDIN.

Ah! mon cher patron... je suis heureux de vous trouver

encore ici... je viens de courir toute la ville de la Flèche, et je vous apporte une nouvelle.

GRIPPARVILLE.

Viens ici, traître... et dis-moi ce que c'est que ce bal, ce concert, ce souper, dont tu as parlé à madame de St.-Elme?.. était-ce là ce dont nous étions convenus?

TRUFFARDIN.

Non, sans doute... mais il l'a bien fallu dans votre intérêt.

GRIPPARVILLE.

Dans mon intérêt... un bal, un concert, un souper...

TRUFFARDIN.

Le souper est pour M. de St-Elme, et le bal pour sa femme... car si vous avez sa femme contre vous... vous êtes perdu... apprenez donc... puisqu'il faut tout vous dire, que vous avez des ennemis.. et de plus, un concurrent redoutable.. un jeune homme, M. Édouard Dalville, qui a aussi des vues sur la recette.

GRIPPARVILLE.

Eh! parbleu, je le sais bien.

TRUFFARDIN.

De plus... il se trame un complot contre vous.

GRIPPARVILLE,

Un complot!..

MAITRE-PIERRE, *s'avançant,*

Monsieur... je vous attends toujours.

GRIPPARVILLE.

Eh! laisse-moi tranquille, je suis à toi... (*à Truffardin*). Un complot, dis-tu?

TRUFFARDIN.

Oui... un tour que l'on veut vous jouer, et qui allait renverser tous vos projets... (*à part*). Et bien plus, qui allait déranger tous les nôtres,.. (*haut à Gripparville*). Enfin, j'avais fait toutes vos invitations, lorsque je vois près du café de la Paix un groupe de jeunes gens qui riaient aux éclats... je m'approche et j'entends prononcer votre nom, car vous saurez qu'il n'est question dans toute la ville de la Flèche, que du bal et du souper magnifique que vous devez donner ce soir... ces messieurs qui, à ce qu'il paraît, vous en veulent beaucoup, et qui ignorent l'intérêt que je vous porte... me font part alors d'un projet qu'ils ont conçu pour nous mystifier.

GRIPPARVILLE.

Nous mystifier... ils trouveront à qui parler.

TRUFFARDIN.

Je l'espère bien... car leur dessein est simplement d'aller chez toutes les personnes à qui vous avez adressé un billet d'invitation, pour les prévenir, de votre part, que la réunion n'aura pas lieu ce soir... et est remise à un autre jour.

GRIPPARVILLE.

C'est là ce qu'ils méditent.

TRUFFARDIN.

Oui... et après tout l'argent que vous aurez dépensé; après les préparatifs que vous aurez faits... vous voyez-vous tout seul à attendre la compagnie.

Air : *Vaudeville de l'écu de six francs.*

Certes la perfidie est neuve ;
Mais ils veulent, c'est convenu ;
Que la salle à manger soit veuve,
Et que le repas soit perdu :
Car, disent ils, mainte fois, ayant vu
Chez vous, à votre table oisive,
Tant de convives sans souper,
Ils veulent pour se rattraper,
Y voir un souper sans convive.

GRIPPARVILLE.

Je comprends l'intention... mon ami... il faut retourner chez tout notre monde... les prévenir du complot.

TRUFFARDIN.

C'est aussi mon avis... mais envoyez un de vos gens ; car moi, je n'en puis plus ! et il faut que je passe à mon hôtel pour mes affaires... il faut que je retienne votre orchestre.

GRIPPARVILLE.

C'est vrai, mon ami, c'est vrai... dieu, que de soucis !.. que d'embarras... maudite ambition... maudite place... je vais envoyer quelqu'un... toi, Truffardin, vois pour l'orchestre... les musiciens... ne prends pas ceux du Vaux-Hall, ils sont trop chers... ni ceux du régiment, parce qu'ils ne reçoivent jamais rien, et qu'on est obligé de leur donner à souper.

TRUFFARDIN.

Eh ! bien, lesquels prendrai-je ?

GRIPPARVILLE.

Dame !.. vois toi-même... je m'en rapporte à ton intelligence... nous avions ici l'année dernière une clarinette qui était bien bonne... je crois que c'était un aveugle... mais je ne sais pas ce qu'il sera devenu... je lui avais pourtant dit d'attendre.

L'Avare.   3

TRUFFARDIN.

Il n'aura pas attendu... il se sera laissé mourir de faim... oubliant qu'il y avait encore en cette ville un protecteur des beaux-arts... enfin, celui-là ou un autre... je vous promets une réunion de talens lyriques au plus bas cours possible.

(*Il sort*).

SCÈNE IX.

GRIPPARVILLE, MAITRE-PIERRE.

MAITRE-PIERRE.

Monsieur, je suis toujours là.

GRIPPARVILLE.

C'est bon... obligé de commander moi-même mon souper... et pour qui? pour des gens qui ne peuvent pas me souffrir... car tout le monde nous en veut à nous autres pauvres riches... allons, envoyons déjouer leurs complots... eh! mais, quand j'y pense... ces messieurs voulaient m'attraper... me jouer un tour... eh! je ne demande pas mieux... laissons-les faire... quel était mon but? de donner un bal à M. de St.-Elme et à sa femme... je le donne toujours... si on n'y vient pas... si j'ai des ennemis, ce n'est pas ma faute... Loin de m'en vouloir... ils doivent au contraire me plaindre, me consoler et me dédommager de l'affront que j'ai reçu pour eux... de sorte que j'aurai eu les honneurs de la soirée... sans en avoir les frais.

MAITRE-PIERRE.

Monsieur... j'attends toujours.

GRIPPARVILLE.

C'est ma foi vrai.

MAITRE-PIERRE.

Qu'est-ce que vous voulez pour votre souper?

GRIPPARVILLE, *d'un air riant.*

Ce que je veux, mon garçon?.. rien!... absolument rien.

MAITRE-PIERRE.

Pas autre chose.

GRIPPARAILLE.

Non, mon ami.

MAITRE-PIERRE.

J'entends alors ce que veut monsieur... notre repas de tous les jours... enfin notre ordinaire.

GRIPPARVILLE.

Précisément... mais en revanche, tu vas illuminer le salon

et la salle à manger... des quinquets et des bougies tant que tu voudras ; là-dessus je te laisse carte blanche... parce qu'enfin si le monde ne vient pas, on pourra toujours éteindre... attends encore... tu feras une demi-douzaine de glaces.

MAITRE-PIERRE.

Des glaces.

GRIPPARVILLE.

Oui, pour que l'on puisse en apporter une fois sur un plateau... encore quand j'y pense... trois glaces suffiront... pour M. et madame de St.-Elme... moi, je n'en prends pas... ainsi il en restera.

MAITRE-PIERRE.

Ah ! ça, monsieur, c'est donc un bal en tête-à-tête.

GRIPPARVILLE, riant.

Précisément... apprends, mon garçon, que nous n'aurons personne...

MAITRE-PIERRE.

Vrai !.. voilà les réunions que vous aimez.

GRIPPARVILLE.

Oui... c'est plus commode pour un maître de maison...

MAITRE-PIERRE.

Mais, monsieur, écoutez, il me semble qu'on arrive.

GRIPPARVILLE.

Ce ne peut être que l'inspecteur... vite à ton ouvrage.

MAITRE-PIERRE.

Ça ne sera pas long... vous avez une cuisine expéditive.

(Gripparville sort).

SCÈNE X.

MAITRE-PIERRE, seul.

Air : *De partie carrée.*

Au lieu de dresser mon potage,
Et de r'tourner mes sauc's et mes filets,
Je m'en vais soigner l'éclairage,
Et la bougie et les quinquets.
L'convive le plus difficile,
Sur mon souper ne dira rien morbleu,
Et not' bourgeois peut être bien tranquille,
Ils n'y verront qu'du feu.

(Il sort par la gauche).

SCÈNE XI.
Mme. DE St.-ELME, ÉDOUARD, BETZI.

MAD. DE ST.-ELME.

Convenez que c'eût été piquant, et que si nous n'avions pas déjoué la conspiration...

BETZI.

Ah! madame, que je vous remercie... (*bas à madame de St.-Elme*). Je crois que ma toilette est charmante, car en la voyant, M. Edouard a souri, et mon oncle a fait la grimace.

MAD. DE ST.-ELME.

Et où est-il donc, le cher oncle?

BETZI.

Dans le salon... à faire sa cour à votre mari qui vient d'arriver.

ÉDOUARD.

Je crains qu'il ne l'emporte sur moi, auprès de M. de St.-Elme, et vous avez beau dire... je crois, madame, qu'un seul mot adressé par vous en ma faveur...

MAD. DE ST.-ELME.

Aurait tout détruit... je n'ai pas de crédit auprès de mon mari... au contraire... quand je lui recommande quelqu'un, il se persuade que ce ne peut être qu'un étourdi... et il donne la place à un autre... j'ai déjà eu comme cela deux ou trois protégés, qui, grâce à moi, ont été destitués.

Air : *Vaudeville de Voltaire chez Ninon.*

Vous voyez que sur mon mari
Je n'ai pas beaucoup de puissance;
Mais cependant, et malgré lui,
J'exerce encore une influence :
Ne pouvant servir mes amis,
Je peux, quand ma colère est grande,
Perdre galment mes ennemis,
En apostillant leur demande.

Tenez, il a eu raison, votre monsieur... comment l'appelez-vous?

ÉDOUARD.

Monsieur Truffardin.

MAD. DE ST.-ELME.

Oui, M. Truffardin... c'est un original que j'aime beaucoup... le moyen qu'il a pris est le meilleur... suivons son plan et nous réussirons; car le luxe et l'extravagance de M. Gripparville lui nuiront à coup sûr aux yeux de mon mari.

GRIPPARVILLE, *en dedans.*

Ma nièce... ma nièce.

BETZI.

Silence... voici mon oncle.

SCÈNE XII.

Les Précédens, GRIPPARVILLE.

GRIPPARVILLE, *à la cantonnade.*

Ma nièce... ma nièce... mademoiselle Gripparville!.. ah! vous voilà... je vous cherche partout.

MAD. DE ST.-ELME.

Eh? mais qu'avez-vous donc, monsieur? on dirait d'un maître de maison désorienté.

GRIPPARVILLE.

Il n'y a peut-être pas de quoi! imaginez-vous, madame, que je venais de saluer votre mari, et je lui avais à peine adressé les deux ou trois phrases indispensables en pareil cas... que voilà huit, dix, douze, quinze personnes... qui arrivent coup sur coup.

MAD. DE ST.-ELME.

Vous ne les aviez donc pas invitées.

GRIPPARVILLE.

Si, madame,... mais c'est que vous ne savez pas... moi, j'étais loin de m'attendre...

Air : *Vaudeville de Catinat.*

Dans mon salon, il faut les voir,
Quelle foule! quelle cohue!
Et personne pour recevoir...
Moi, j'en ai la tête perdue :
Comment se sont-ils introduits?
Car vraiment leur nombre m'étonne,
Je n'ai prié que des amis.

(*à part*).

Et j'espérais n'avoir personne.

MAD. DE ST.-ELME.

Et là, de quoi vous plaignez-vous... de ce que votre fête va être charmante... ingrat... vous devriez plutôt me remercier... sans moi... vous n'auriez pas un convive.

GRIPPARVILLE.

Comment, madame, c'est à vous que je devrais...

MAD. DE ST.-ELME.

Eh! oui... j'ai appris, par M. Truffardin, le danger qui

vous menaçait... et que vous couriez risque de donner chez
vous une représentation du Solitaire, ce qui est fort ennuyeux... il fallait donc vous créer un public, vous improviser
une société... je me suis adressé à mesdames de Saint-Ange et
de Lineuil, qui m'ont prêté, pour ce soir, toute leur compagnie... bien sûre que vous ne me désavoueriez pas... mais
admirez votre bonheur... pendant ce temps, M. Édouard,
votre ami, qui avait eu aussi connaissance de la conspiration..
courait chez toutes les personnes invitées par vous... criait
à la trahison, ralliant les cavaliers... ranimait les danseuses...
décidait les mamans... et grâce à nos efforts combinés... vous
avez dans ce moment, dans votre salon, toute la ville de la
Flèche.

GRIPPARVILLE, à part.

Que le diable l'emp... (haut). Je ne sais, madame, comment vous remercier... mais tout ce monde-là ne pourra jamais
tenir... on ne peut même pas danser.

MAD. DE ST.-ELME.

A merveille... une soirée anglaise.... un raout. (1).

GRIPPARVILLE.

Comment... un Raout.

MAD. DE ST.-ELME.

Oui... une cohue à la mode, où l'on s'amuse sur place...
il n'y a que cela d'agréable dans un salon, dès qu'on peut cir-
culer, je m'en vais...

GRIPPARVILLE.

Mais, je ne sais pas trop comment placer les tables de jeu.

MAD. DE ST.-ELME.

Laissez donc, tout cela va s'éclaircir au moment du souper...
il faut seulement le hâter, parce que quand il y aura une centaine de dames assises à table... et les messieurs debout...

GRIPPARVILLE.

Comment, madame, vous croyez...

MAD. DE ST.-ELME.

Ah! je suis sûre que vous nous ménagez encore quelques
surprises... M. Édouard, nous comptons sur vous... vous
vous tiendrez derrière notre chaise... parce que dans un bal,
le souper fut-il magnifique, quand on n'a pas là un cavalier,
impossible de rien avoir.

---

(1) Prononcez Râoute.

Air : *Ami, voici la riante semaine.*

Allons partons ; à ce banquet splendide,
En dansant bien, je prétends faire honneur ;
Dans cette enceinte, où la gaîté préside,

(*à Édouard*).

C'est vous, monsieur, qui serez mon danseur.
Oui, le plaisir est l'âme de la vie :
Pour moi, vraiment, je n'existe qu'au bal ;
Entendez-vous l'archet de la folie,
Qui du plaisir nous donne le signal.

(*Elle sort avec Betzi et Édouard*).

SCÈNE XIII.

GRIPPARVILLE, *seul.*

C'est ça... ils vont danser... ils sont bien heureux... et le
souper... le souper... mais c'est qu'ls y comptent ; et rien de
prêt... rien de commandé... diable de jeunes gens... qui
forment un complot contre moi... et qui n'ont pas l'esprit de
garder le secret... dieu ! s'ils ne l'avaient dit qu'à moi... si
j'avais été à la tête de cela.

SCÈNE XIV.

GRIPPARVILLE, MAITRE-PIERRE.

MAITRE-PIERRE, *mystérieusement.*

Monsieur, je viens vous prévenir d'une chose... c'est que
vous serez peut-être plus de personnes que vous ne croyez...
car en v'là qui arrivent encore.

GRIPPARVILLE.

Imbécille... crois-tu que je ne le sais pas ?..

MAITRE-PIERRE.

A la bonne heure... alors, je venais demander à monsieur
ce qu'il faut faire pour le souper..

GRIPPARVILLE.

Dieu ! avoir invité toute la ville de la Flèche, pour la renvoyer à jeûn... quels brocards vont fondre sur moi, sans
compter la perte de ma place.

MAITRE-PIERRE.

Monsieur... je vous attends.

GRIPPARVILLE.

Eh ! laisse-moi tranquille... depuis ce matin, tu me répètes
la même chose... est-ce que nous avons le temps maintenant de
préparer un repas... sans cela, je ne demanderais pas mieux.

MAITRE-PIERRE.

Si c'est là votre crainte, il y aurait encore un moyen...

d'abord, je vais faire des potages... beaucoup de potages...
pendant ce temps, on ira chez tous les marchands de comestibles... et en payant deux ou trois fois plus cher... on peut
réussir à la hâte...

GRIPPARVILLE, *lui mettant la main sur la bouche.*

Veux-tu te taire... veux-tu te taire, bourreau... ou je te
chasse... aller dépenser quinze à dix-huit cents francs, pour
des gens que je ne connais pas... qui sont venus s'établir chez
moi.... me manger mon bien...

MAITRE-PIERRE.

Mais non, monsieur, ils ne mangeront rien.

GRIPPARVILLE.

C'est bien ainsi que je l'entends... mais encore, faut-il
sauver les apparences... et les renvoyer satisfaits.

MAITRE-PIERRE.

Si vous en venez à bout...

GRIPPARVILLE.

Cela dépend de toi, mon ami, tu peux faire ici l'office
d'un serviteur fidèle.... j'imagine un moyen victorieux et
économique, qui tiendra lieu du souper que nous n'avons
pas... et qui forcera nos convives à s'en aller, en me faisant
des excuses et des complimens.

MAITRE-PIERRE.

Parbleu, monsieur, pour la rareté du fait, je ne demande
pas mieux... que faut-il faire?

GRIPPARVILLE.

Tu vas retourner dans ta cuisine.... fais un grand feu dans
la cheminée, et dans tes fourneaux... ensuite mets tout sens
dessus-dessous... renverse tes casseroles et toute la batterie...
jette de l'eau dans les cendres... un fracas épouvantable,..
et viens après cela, me trouver d'un air effaré... la figure
pâle... les cheveux en désordre, et annonce-moi bien haut...
d'un air mystérieux... bien haut... entends-tu?.. que tout
est perdu... abimé... tu chercheras un motif... le premier
venu... un accident... répète bien surtout, que c'était un
repas magnifique... un vrai repas de noce... et que maintenant, rien n'est plus mangeable... tu m'entends? pour le
reste... je m'en charge, et cela me regarde...

MAITRE-PIERRE.

Oui, monsieur... je crois comprendre... c'est une scène
que nous allons jouer.

GRIPPARVILLE.

A merveille; mais voici du monde... cours vîte, mon garçon.

Air : *Vaudeville de l'Opéra-Comique.*

Si tu fais bien ce que je veux,
Compte sur ma reconnaissance.

MAITRE-PIERRE.

Convenez que j'ai dans ces lieux
Une singulière existence :
Je suis cuisinier dieu merci !
Ou du moins, je me l'imagine,
Et je vois que j'fais tout,
Excepté la cuisine.

V'là maintenant qu'il faut jouer la comédie.

GRIPPARVILLE.

Mais vas donc, et dépêche-toi... car voilà deux heures qu'ils dansent... et ils doivent mourir de faim.

(Maître-Pierre sort).

SCÈNE XV.

GRIPPARVILLE, BETZI, ÉDOUARD, MAD. DE ST.-ELME, Chœurs de Danseurs et de Danseuses, *entrant d'un air fatigué.*

1er. CHOEUR , *entrant par la droite.*

Ah! quel plaisir! (*bis*).
Mais sans mentir,
De faiblesse, moi je tombe,
Je n'en puis plus, je succombe.

GRIPPARVILLE.

Dans l'instant, mesdames... on va servir... allons, en voilà encore d'autres.

2°. CHOEUR , *entrant par la gauche en même temps que madame de St.-Elme, Edouard et Betzi entrent par le fond, et reprennent le chœur.*

Ah! quel plaisir! (*bis*).
Mais sans mentir,
De faiblesse, moi je tombe,
Je n'en puis plus je succombe.
Asseyons-nous, car les anglaises,
Les écossaises
Ne valent pas
Un bon repas.

MAD. DE ST.-ELME.

Mais en effet, mon cher, faites donc hâter le souper... les contredanses languissent, et mon mari s'impatiente, je vous en préviens.

GRIPPARVILLE.

Mon dieu, mesdames, je suis déso'é, c'est mon maître-

L'Avare.   4

d'hôtel... un faquin que je renverrais... je sais bien qu'il y a
trente ou quarante plats à dresser ; mais ce que je t'ai recommandé tout à l'heure n'était pourtant pas bien long à
préparer.

ÉDOUARD, *bas à Betzi et à madame de St.-Elme.*

Trente ou quarante plats.. je n'en reviens pas.

BETZI.

Ni moi non plus... ce n'est pas possible.

GRIPPARVILLE.

Enfin, voici Maître-Pierre... (*à part*). J'ai cru que le
traître n'arriverait pas...

MAD. DE ST.-ELME.

Nous allons donc souper... ce n'est pas malheureux...

SCÈNE XVI.

Les Précédens, MAITRE-PIERRE.

MAITRE-PIERRE, *d'un air joyeux.*

Messieurs et mesdames... j'ai à vous dire...

GRIPPARVILLE, *à part.*

L'imbécille... il prend la physionomie riante... moi, qui lui
avais recommandé... (*haut*) Eh! bien... qu'as-tu donc, Maître-
Pierre? et que veux-tu m'annoncer avec cet air effaré.

MAITRE-PIERRE.

Je vous annonce, monsieur, que tout est servi.

GRIPPARVILLE, *joignant les mains.*

Que dis-tu?.. tout a péri...

MAD. DE ST.-ELME.

Eh! non, l'on vous dit que le souper est servi.

TOUS LES CONVIVES.

Le souper, le souper...
(*Ils sortent en désordre par le fond et les deux côtés*).

MAITRE-PIERRE.

Et un fameux souper... je m'en vante... une cinquantaine
de plats... (*A Gripparville qui le regarde d'un air étonné*).
Oui, monsieur, ils y sont, et ça vous fait un coup-d'œil...

SCÈNE XVII.

GRIPPARVILLE, MAITRE-PIERRE.

GRIPPARVILLE.

Ah! ça, bourreau, as-tu perdu la tête?.. ou bien as-tu été
payé pour cela?.. que signifie une pareille plaisanterie?

MAITRE-PIERRE.

Ce n'est pas une plaisanterie... c'est la vérité.

GRIPPARVILLE.

Quoi! ces cinquante plats que tu viens de m'annoncer?

MAITRE-PIERRE.

Sont réellement dans la salle à manger... au moment où je vous quittais pour exécuter le souper économique et impromptu que vous m'aviez commandé .. je trouve en bas... deux ou trois énormes paniers, que des commissionnaires venaient d'apporter... pour qui cela? ai-je dit; pour M. de Gripparville.

GRIPPARVILLE.

Pour moi?

MAITRE-PIERRE.

Oui, monsieur .. et ils ont ajouté : « rien à recevoir... tout est payé ».

GRIPPARVILLE.

Tout est payé... et que contenaient ces paniers ?

MAITRE-PIERRE.

De quoi faire cinq ou six soupers... des pâtés... des jambons... des gâteaux.... des fruits secs, ou confits... il y a de tout... et j'ai tout servi... cela fait un spectacle comme je n'en ai jamais vu depuis dix ans que je suis à votre service.

GRIPPARVILLE.

Je ne reviens pas de ma surprise.

MAITRE-PIERRE.

Et le troisième panier qui contenait une centaine de bouteilles de vin de Champagne... je les ai rangées en bataille sur le buffet, de sorte qu'il n'y a même pas eu besoin d'ouvrir votre cave.

GRIPPARVILLE.

Serait-il bien possible!.. quelle bénédiction ! et d'où cela peut-il me venir?

MAITRE-PIERRE.

Dame... sans vous en douter, vous avez peut-être quelques amis.

GRIPPARVILLE.

C'est possible.

(On entend en dehors les premières mesures du chœur suivant).

MAITRE-PIERRE.

Tenez... voici l'effet du vin de Champagne.

SCÈNE XVIII.

GRIPPARVILLE, ÉDOUARD, *chœur de jeunes gens,
ils ont à la main des assiettes, et se forment en diffé-
rens groupes et mangent debout.*

CHOEUR.

Ah! quelle ivresse! ah! quel nectar!
Bouchons, volez de toute part,
A boire, à boire,
Chantons à l'unisson,
Honneur et gloire,
A notre Amphitrion.

ÉDOUARD.

Quel luxe à la fête préside!
Bal superbe, repas *idem*,
On a rien vu de plus splendide,
Depuis le riche *Aboulcasem.*.

CHOEUR.

Ah! quelle ivresse, etc.

GRIPPARVILLE, *pendant ce chœur, va parler à tous les
jeunes gens, il sort un instant et rentre.*

Dieu! comme on s'en donne... et là-dedans... et ici... dans
dans toute la maison; à merveille, mes amis, n'épargnez rien...
(*aux jeunes gens*). Eh! bien...,qu'est-ce que c'est? il me
semble que nous nous ralentissons de ce côté-ci.

ÉDOUARD.

Je n'en reviens pas... et je ne le reconnais plus... il nous
donne un souper magnifique... il nous le voit manger... et il
est de bonne humeur.

TOUS LES JEUNES GENS.

Eh! bien, M. Gripparville... est-ce que vous n'êtes pas des
nôtres? est-ce que vous ne prenez rien?

GRIPPARVILLE.

Si, vraiment... si, mes bons amis... je ne demande pas
mieux.

ÉDOUARD.

Eh! que ne le dites-vous! c'est bien le moins... (*aux jeunes gens*). Messieurs... le maître de la maison.
(*On lui donne une assiette, un verre et une tranche de volaille; les jeunes gens s'empressent autour de lui, et lui
versent à boire*).

GRIPPARVILLE, *mangeant.*

Air : *Du billet de loterie.*

C'est une volaille estimable ;
Mais tout ce qu'on mange chez moi
Est vraiment d'un goût admirable ;
C'est du Périgueux, je le croi.

ÉDOUARD.

Il va se ruiner, je pense.

GRIPPARVILLE.

Eh ! que m'importe la dépense !
Qu'il est doux de manger son bien,
Surtout, quand il n'en coûte rien.

Deuxième Couplet.

Je sens que leur gaîté me gagne ;
Mais goûtons un peu de ce vin,
C'est du véritable Champagne,
Versez, amis, versez tout plein.

ÉDOUARD.

De dépenser, il est avide.

GRIPPARVILLE.

Ma fortune est claire et liquide ;
Qu'il est doux de boire son bien,
Surtout, quand il n'en coûte rien.

ÉDOUARD.

Et le voilà décidément en goguettes.

SCÈNE XIX.

Les Précédens, TRUFFARDIN.

TRUFFARDIN.

Eh ! bien, eh ! bien, il me semble que cela ne va pas mal.

GRIPPARVILLE.

C'est toi, mon cher Truffardin... veux-tu un **verre de vin**
de Champagne, je ne t'ai pas vu de la soirée...

TRUFFARDIN.

Je crois bien,.. j'arrive... j'ai eu tant d'occupation, car moi,
je mène de front les affaires et les plaisirs... mais vous avez
eu de mes nouvelles... je vous ai envoyé des convives... je
vous ai envoyé des musiciens, et mon dernier envoi surtout... hein ! je ne vous en parle pas, parce que je vois qu'ici
il est du goût de tout le monde.

GRIPPARVILLE, *qui allait boire un verre de vin de Cham-*
pagne, s'arrête soudain.

Hein ! qu'est-ce que tu veux dire ?

TRUFFARDIN.

Que vous êtes bien le plus heureux des hommes... vous savez ces papiers de comestibles que je vous avais promis, et qui devaient m'être expédiés dans trois ou quatre jours... en rentrant à mon hôtel je les trouve arrivés, je pense à vous.. à votre bal... à votre souper... je vous les adresse sur le champ.

GRIPPARVILLE, *laissant tomber son verre.*

Dieu !

TRUFFARDIN.

Eh ! bien... qu'avez-vous donc ?

GRIPPARVILLE, *rebouchant la bouteille de vin de Champagne qui est à côté de lui).*

Rien... rien, mon ami .. comment, ce vin de Champagne... ce souper... c'était votre propriété.

TRUFFARDIN.

Du tout, c'est la vôtre... nous sommes convenus que vous les prendriez en paiement, si toutefois vous les trouviez bons... et je m'en rapporte à ces messieurs.

ÉDOUARD.

Divin, excellent, impossible de rien manger de meilleur.

TRUFFARDIN.

J'en étais sûr... (*bas*). M. de St.-Elme que j'ai vu est enchanté. (*haut*). Voici la petite note que vous examinerez à loisir.

GRIPPARVILLE, *prenant le papier.*

Comment... la note des mille écus... voilà une place qui m'aura coûté cher.

SCENE XX.

Les Précédens, MAD. DE St.-ELME, BETZI.

MAD. DE ST.-ELME.

Ah ! monsieur... recevez mes complimens... charmant, délicieux... impossible de voir une plus jolie fête... j'en suis ravie... ce qui se trouve à merveille, car sans cela je serais d'une humeur effroyable, je viens d'avoir une scène avec mon mari... et nous nous sommes brouillés à votre sujet.

GRIPPARVILLE.

A mon sujet.

MAD. DE ST.-ELME.

Oui, monsieur... vous ne m'aviez pas dit que vous sollicitiez une place de receveur ; moi, j'étais enchantée de votre bal... mais mon mari en était indigné.... il déclamait contre

votre luxe... votre prodigalité... ce n'est pas étonnant lui...
il est si économe, et enfin il m'a dit que quelqu'un qui était
capable de dépenser six ou sept mille francs dans une soirée,
n'aurait jamais de lui une place de receveur, et je le connais,
vous ne l'aurez pas... mais c'est égal, votre soirée était charmante... je lui dirai à lui-même.

GRIPPARVILLE, (*regardant Truffardin.*

Dieu! quelle perfidie!... je suis ruiné et trahi de tous les
côtés; mais enfin cette place, à qui donc veut-il la donner?

SCÈNE XXI et dernière.

Les Précédens, ÉDOUARD.

ÉDOUARD.

A moi, monsieur... il vient de me l'accorder...

BETZI.

A M. Édouard... ah! que je suis contente!

GRIPPARVILLE.

A vous, jeune homme!

ÉDOUARD.

J'ignorais que vous fussiez mon concurrent, et vous saviez
très-bien que j'étais le vôtre... aussi, loin de m'en vouloir...
je suis certain que vous tiendrez votre parole.

GRIPPARVILLE.

Moi! monsieur.

ÉDOUARD.

Oui, vous m'accorderez la main de votre nièce, que j'aime
mieux devoir à votre consentement qu'à la décision du conseil
de famille.

GRIPPARVILLE.

Le conseil de famille décidera ce qu'il voudra; mais ne
comptez pas sur moi pour le repas de noce.

ÉDOUARD.

Celui-ci en a tenu lieu; et pour le nôtre...

TRUFFARDIN.

C'est moi qui m'en charge... car je fais de tout... maria-
ges, noces et festins.

GRIPPARVILLE.

Oui, traître... des festins. (*à part*). Voyons toujours à sauver de celui-ci ce que je pourrai... et dès demain, je me retire
trois mois à la campagne pour faire des économies, et tâcher
de me rattraper.

VAUDEVILLE.

GRIPPARVILLE.

Air :

Économisons en tout temps,
C'est ma méthode, elle est fort bonne;
Ce que l'on ménage au printemps,
On le retrouve dans l'automne :
Le financier fait des budjets,
La jeunesse fait des folies;
L'ambitieux fait des projets,
Le sage des économies.

ÉDOUARD.

Que d'auteurs et que de journaux,
Que de romantiques en France,
Avares d'esprit, de bons mots,
Craignent de se mettre en dépense :
Depuis vingt ans, chacun paraît
Riche des mêmes niaiseries,
Qu'il aurait d'esprit ! s'il pouvait
Dépenser ses économies.

BETZI.

Je ne veux point, en fait d'amans,
Werther, ni d'autre fou semblable;
Je préfère aux beaux sentimens,
Tendresse vraie et raisonnable :
Pour cause je me défierais
De ces amours de tragédies ;
Qui commence par des excès,
Finit par des économies.

MAD. DE ST.-ELME.

Écoutez, messieurs les maris,
Trois secrets de grande importance;
Voulez-vous n'être pas trahis?
Parlez d'amour, de confiance :
Voulez-vous être aimés, chéris?
Parlez-nous souvent de folies,
Mais voulez-vous être obéis?
Ne parlez pas d'économies.

TRUFFARDIN.

Procureur, médecin, huissier,
Vous tous qui tourmentez les hommes,
Des exploits de votre métier,
Montrez-vous toujours économes :
Millionnaire, grand seigneur,
Dont la puissance est infinie,
Vous qui dispensez le bonheur,
Ne faites pas d'économie.

MAD. DE ST.-ELME, *au Public.*

Je crains bien, *entre nous soit dit,*
Qu'en examinant notre intrigue,
On lui reproche en fait d'esprit,
De n'être pas assez prodigue:
Soyez, en blâmant nos défauts,
Plus généreux, je vous en prie;
Et vous, messieurs, dans vos bravos
Ne mettez pas d'économie.

FIN.